ESSAIS
POÉTIQUES

Par M. Corrent de Labadie.

CONDOM,

DE L'IMPRIMERIE DE BERNARD DUPOUY.

1817.

AVANT-PROPOS.

Ce n'est qu'en tremblant que je fais imprimer ces foibles essais, quoique je n'en fasse tirer qu'un très-petit nombre d'exemplaires, pour les offrir à mes amis et aux personnes qui ont bien voulu m'honorer de leur bienveillance.

Quand la nature m'auroit accordé l'heureux don des vers;

*..

Quand mon astre en naissant *m'auroit* formé poëte,

je n'en serois pas moins resté pauvre au milieu de tous ces dons. Obscur habitant des campagnes, où les goûts champêtres occupent uniquement, où la lecture est un délassement et non pas une occupation, mes voisins instruits, et je me plais à dire que j'en ai, auroient-ils abandonné leurs affaires domestiques et leurs auteurs classiques et chéris, pour ramener un enfant perdu des Muses ? Si donc un petit mouvement de vanité me porte à faire imprimer ces essais, que mes amis, pour qui uniquement ils voient le jour, écoutent mes raisons et ne me soient pas trop sévères. Mes vers ne pourroient soutenir les regards de la critique ; mais ils peuvent être soufferts par l'amitié.

L'*Épître aux Français* fut écrite quelque temps après le second retour du Roi dans sa capitale. Depuis, les événemens de Grenoble m'ont offert l'occasion d'adoucir quelques reproches que j'ai osé faire à nos braves, dont je n'ai pas cessé un instant d'admirer la vaillance. Un Magistrat supérieur a daigné faire des remarques sur cette Épître : il faut avouer que, si quelque chose plaît dans cet ouvrage, c'est à lui qu'on le doit. Je connois sa bienveillance pour moi, je connois sa modestie ; par reconnoissance je tais son nom.

L'*Épître à M. le Vicomte* DE CHATEAUBRIAND fut composée un an après que l'*Itinéraire de Paris à Jérusalem* eut paru. Dans la suite j'y ai fait quelque changement.

*...

Peut-être quelques réminiscences se rencontreront dans ce recueil. Si le cas arrive, je m'en accuse d'avance. Il y a moins de honte à être sot que plagiaire.

———————

ESSAIS POÉTIQUES.

ÉPITRE

AUX FRANÇAIS.

FRANÇAIS, quel sang divin allions-nous échanger,
Contre le sang obscur d'un farouche étranger ?
Ah ! de *Robert-le-Fort* la race généreuse
Convient seule à la France et peut la rendre heureuse.
Neuf siècles signalés par la faveur du Ciel, (1)
Ont prolongé sur nous son règne paternel.
Nommer un Roi, c'étoit nommer le Roi de France ; (2)
C'étoit là le grand Roi, le Roi par excellence.
Vingt peuples n'ont-ils pas vu nos Princes monter (3)
Sur leurs trônes brillans, tous fiers de les porter ?
On les a vu régner du couchant à l'aurore :
De l'aurore au couchant on les bénit encore.
Chez nous, à chaque pas, de ces Princes français,
On retrouve la gloire et toujours les bienfaits.

*....

Des temples, des abris offerts à l'indigence,
Appelant leur pieuse et noble bienfaisance;
Des routes, des canaux, des hospices ouverts;
Des arsenaux, des ports bordant au loin nos mers;
Voilà, voilà les dons de leur munificence.
La France leur doit tout; leur main créa la France
Et celui qui voudroit rappeler et chanter
Ces Princes généreux, devroit tous les compter.
Celui-ci de son peuple est appelé le père,
Celui-là nous sourit de la céleste sphère;
On les nommoit ou juste, ou sage, ou bien-aimés;
Combien du nom de Grand ont été surnommés !
François fut salué par nos braves ancêtres,
Du nom de Chevalier et de Père des Lettres.
Le siècle de *Louis* balance le renom
De ceux de Périclès, d'Auguste et de Léon.
Qui ne connoît *Henri* ? quelle ingrate mémoire
Oublîroit sa gaîté, ses bienfaits et sa gloire,
Et cette poule au pot, que ses soins paternels
Promettoient à son peuple en ses jours solennels ?
Louis six n'est point sourd au cri de la Patrie; (4)
Et la terre des Francs est enfin affranchie.
Nos aïeux, allégés par sa royale main,
Osent lever un front libre d'un joug d'airain.
Un autre *Louis* vient terminer son ouvrage,
Efface jusqu'au nom que portoit l'esclavage.

Les ingrats !......... ma main n'ose achever le tableau :
Ils ont levé sur lui la hache du bourreau.........
L'ame du saint martyr , colombe éblouissante ,
Jusqu'au trône de Dieu s'élève triomphante.
Si l'on veut de nos Rois effacer les bienfaits ,
Il faut bouleverser , changer le sol français.
Et lorsqu'on vient les rendre aux cœurs purs et fidéles ,
J'entendrai murmurer quelques Français rebelles !
Ils les disent clémens et bons et généreux :
Sans doute ; pourquoi donc vous éloignez-vous d'eux ?
Vous craignez , dites-vous , notre antique noblesse ;
Le clergé gourmandant votre altière foiblesse ?
Ah ! ces nobles , l'Anglais et l'Espagnol jaloux ,
Tout en les admirant, les craignoient comme vous :
Chevaliers dévoués , rempart de la Patrie ,
Pour elle ils prodiguoient leur fortune et leur vie.
L'Honneur les retrouvant toujours au premier rang,
Quel lieu dans l'univers ne fut teint de leur sang ?
Des prêtres sont l'objet de vos craintes frivoles ?
Viens frapper nos regards , terre antique des Gaules :
Forêts, couvrez encor les champs de nos aïeux ;
Retombez dans la nuit, manuscrits précieux ;
Abeille de Narbonne , ah ! volez vers l'Attique ;
Ver qui filez pour nous , rampez vers la Sérique ;
Esclavage honteux , vil trafic des humains ,
De vos chaînes encor venez flétrir nos mains.

Ingrats, voilà leur crime et l'objet de vos craintes.
Ah! croyez-moi, cessez vos criminelles plaintes;
Dignes de notre sort, courons tous à la fois
Entourer l'héritier, le fils de tant de Rois,
Dont les nobles aïeux, fleur de chevalerie,
Étoient Grands au berceau de notre monarchie.

La Révolution, changeante comme nous,
Sous vingt gouvernemens se prêtant à nos goûts,
Dans cinq lustres nous fait courir toute l'histoire.
Fatigué de nos maux, délassant sa mémoire,
Le règne de LOUIS charmera le lecteur,
Comme dans le désert repose un voyageur
Au sein d'une Oasis, où l'onde qui murmure, (5)
Du palmier entretient l'éternelle verdure.
Ce gazon, ces dattiers aux verdoyans rameaux,
Cette île que le sable entoure de ses flots,
Appellent ses regards et sa marche poudreuse.
Ainsi, pour arriver à notre époque heureuse,
Le lecteur indigné franchit mille feuillets.
Il voit près de LOUIS ce Prince tout Français,
En qui renaît des preux l'antique courtoisie;
Et cet Ange priant pour l'ingrate Patrie,
Et son illustre Epoux qui peut, dans son malheur,
Dire : Tout est perdu, tout, excepté l'Honneur;
Et Berry qu'en secret courtise la Victoire;

Orléans, les Condé, fidèles à la gloire ;
Tous objets de nos vœux, tous brillans rejetons
Dont s'embellit encor la tige des Bourbons.

Voilà notre espérance et le cortége auguste, (6)
Dont s'entoure à nos yeux le successeur du Juste.
A sa bonté céleste on seroit confondu,
Si le cœur des Bourbons nous étoit moins connu.
Le Ciel qui la chérit dans sa munificence,
Donna bien de bons Rois à notre bonne France ;
Mais nul ne fut si fort dans le sein des revers,
Que ce Nestor des Rois qu'admire l'univers.
Souvenez-vous, Français, de cette nuit d'alarmes,
Où ce Roi fugitif, digne objet de nos larmes,
S'est arraché des bras d'un peuple malheureux,
Que ses mains ont béni dans ses tendres adieux.
Paris, à flots pressés, entoure sa demeure :
Le jour il veut le voir et le voir à toute heure.
Le lendemain il court près de son Roi chéri,
A grands cris il l'appelle ; hélas !......... il est parti.
Il est parti : les pleurs inondent le visage
D'un peuple infortuné qu'on enchaîne au rivage :
Son silence éloquent qui l'entoure et le suit,
N'est que trop entendu du tyran qui pâlit.
Il a glacé d'effroi son ame intimidée :
La vengeance et l'amour soulèvent la Vendée.

Le midi s'est armé, l'ouest est tout en feu,
Et combat à la fois pour son Roi, pour son Dieu.
Toulouse, chère aux arts, Marseille l'opulente,
Du Douze-Mars aussi la cité vigilante,
Surprises dans les rets que tend la trahison,
Rugissent comme un fier et généreux lion.

Cependant le bon Roi, dans sa marche adorée,
Entend les cris plaintifs de la France éplorée :
Les bénédictions accompagnent ses pas,
Triomphe glorieux qui ne s'achète pas.
Amiens, que l'on surprend sans égarer son zèle, (7)
Abbeville, Béthune et Beauvais la fidèle,
S'indignent; et leur voix et leurs écrits vengeurs
Vont par-tout à Louis chercher des défenseurs.
Et vous, cités du nord, frontière si loyale ;
Toi surtout, notre espoir, ô Lille la Royale;
Des armes, disiez-vous : et vos bras généreux
Alloient environner ce dépôt précieux.
Vous l'auriez conservé : c'étoit notre espérance ;
Mais des traîtres......... Louis s'éloigne de la France.
Il emporte avec lui la paix et le bonheur,
Le culte des aïeux, la bonne foi, l'Honneur :
L'Honneur, c'étoit jadis le dieu de ma Patrie !
Vous qui deviez pour lui sacrifier la vie,
La France vous appelle, et vous dit par ma voix :

Soldats, qu'avez-vous fait du meilleur de mes Rois ?
Ses jours devoient couler à l'abri du courage ;
De la fidélité quel sera donc la gage ?
Arrêtez, et lisez avant sur votre cœur
Ces mots vraiment français : La Patrie et l'Honneur.
La Patrie et le Roi, Louis et la Patrie ;
Ces deux mots confondus dans votre ame ennoblie
Eussent fait de l'État l'unique sûreté.
Que me fait la valeur sans la fidélité ?
La valeur sans vertu se plaît dans les ruines.
Descendans des vainqueurs de Rocroy, de Bouvines,
Qu'ont d'étonnant vos coups et vos exploits nouveaux ?
N'êtes-vous pas du sang dont on fait les héros ?
Mais sachez qu'au grand homme il faut plus que l'audace ;
Ce n'est pas d'Attila qu'il faut suivre la trace.
Ne croyez pas surtout, libre de tout lien,
Que lorsqu'on est héros l'on n'est plus citoyen.
Soldats, je vous connois : tout fuit à votre approche ;
Oui, vous êtes sans peur ; mais non pas sans reproche.
La gloire des guerriers dont j'aime le renom,
Turenne, Duguesclin, Bayard, Sulli, Crillon,
Et d'autres dont le cœur fut éprouvé fidèle,
Ne se voit point ternir d'une tache immortelle.
Marmond, Feltre, Oudinot, Loverdo, Pérignon,
Victor, Maisons, Saint-Cyr, Macdonald, Lauriston,
Et bien d'autres encor s'enfoncent dans l'histoire, (8)

Sans flétrir sur leur front les palmes de la gloire.
Ainsi parloit la France : et tremblant pour ses fils ,
Ils furent égarés ; plaignons-les, dit LOUIS.
Ils forgeoient pour nos bras la chaîne des esclaves :
Qu'ils soient libres, heureux ; et que ces mille braves,
Qui sont restés constans dans notre adversité ,
Rachètent cet oubli dans la postérité.
Ah ! l'ame d'un Français doit être assez punie
D'avoir trahi son Roi, Dieu, l'Honneur, la Patrie !
Que par le seul remords tout me soit ramené :
J'ai tout vu , tout appris, et j'ai tout pardonné.
C'en est fait ; méritant le pardon de leur père,
Ils ont lavé leur tache aux rives de l'Isère.
On égare un instant nos braves guerriers ; mais....
Le Roi parle , et l'honneur les retrouve Français.

Qui n'aimeroit ce Roi , cet ange tutélaire !
Lui qui dans sa bonté, trésor héréditaire,
Deux fois nous tend la main près de l'abyme affreux,
Où nous plongeoit deux fois un despote orgueilleux.
Grâce à lui, dans l'Etat tout a changé de face ,
Les forfaits, des vertus n'usurpent plus la place.
Le crime dans la nuit cache son front hideux.
LOUIS, de ses sujets lâchement envieux,
N'enchaîne point la gloire et l'élan qu'elle inspire.
Homère peut chanter, Tacite peut écrire ;

Et Desèze lancer les foudres de sa voix ,
Et Moreau , s'il vivoit , poursuivre ses exploits.
Lainé *dans le Sénat*, Macdonald *à l'Armée* ,
Ne troublent point leur Roi , *malgré leur renommée ;*
L'on ne voit plus un Prince , et corsaire et marchand ,.
Des sueurs de son peuple en ses ports trafiquant.
La majesté des Rois , comme en un sanctuaire ,
Place entr'elle et son peuple un sage ministère
Qui , garant de nos lois , répondra désormais
Des erreurs du Monarque et des droits des sujets.
D'automates jadis une foule amassée ,
A la boule en secret confioit sa pensée ;
Nos députés muets ont retrouvé leur voix ,
Et l'oreille du Prince ose entendre nos droits.
Il n'est plus ce Sénat , dont la voix mensongère
Eût fait rougir Néron , auroit lassé Tibère.
D'un grand nom soutenant l'héréditaire éclat ,
Un corps plus respectable est offert à l'Etat;
Et successeur des Pairs d'une antique couronne ,
Il veille sur le peuple , il veille sur le trône ;
De ces pouvoirs rivaux , qu'on le voit balançant ,
Il arrête , adoucit le choc toujours sanglant.
Thémis , tenant en main sa balance équitable ,
Fixée enfin , occupe un siège inébranlable ;
L'égalité possible , au pied de son autel ,
Joint le pauvre et le riche , ainsi qu'aux yeux du Ciel.

La liberté n'est plus la licence homicide ;
La loi, sans l'enchaîner, et l'éclaire et la guide.
Nos enfans plus heureux, ainsi qu'un vil troupeau,
Ne vont plus de leur sang abreuver leur bourreau.
Au doux nom de Louis ont cessé nos misères,
Ce nom n'a jamais fait pâlir le front des mères.
Les sueurs de leurs fils fécondant nos sillons,
Nos greniers vont gémir sous l'or de nos moissons.
Des satrapes altiers, bien dignes de leurs Princes,
Ne boiront ni le sang, ni les pleurs des provinces.
Tout sourit à nos yeux : saisissons l'avenir ;
Ne gardons plus, Français, de cruel souvenir.
Replongeons dans l'enfer la haine et la vengeance ;
Sur l'autel qu'éleva la sainte tolérance
Joignons nos mains, chacun cessant de s'accuser ;
Et la paix dans le cœur, courons nous embrasser.
Des bonnes mœurs déjà l'auguste auxiliaire,
Notre Religion, et charitable, et mère,
A pressé dans ses bras et sur son cœur divin,
Des filles qui jadis sortirent de son sein.
Pour en bénir le Ciel, courez sous vos portiques,
Prenez vos harpes d'or, et que vos saints cantiques,
Successeurs de Lévi, pieux enfans d'Aaron,
Aillent porter la joie à la sainte Sion.

Et vous qui, dans ce temps en honte si fertile,

Imitâtes enfin et Ducis et Délille ,

Refusant au tyran un vers adulateur,

O Poëtes, chantez ! chantez notre bonheur,

Le retour de la paix , des mœurs hospitalières ,

Et du temps des bons Rois, âge d'or de nos pères !

Mortels , qui de Clio maniez le burin ,

Que la postérité lise un jour sur l'airain :

L'Europe poursuivoit une juste vengeance ;

Deux fois Louis accourt , deux fois couvre la France

Du bouclier sacré des royales vertus ;

L'Europe s'apaisant tend les bras aux vaincus.

Que tout respire enfin sous l'égide d'un père !

Echangeant les trésors de ce double hémisphère ,

Courez fendre les mers , hardi navigateur ;

Vierge , allez à l'autel jurer votre bonheur ;

Désormais sans effroi , mère , soyez féconde ;

Beaux-arts , brillez encor pour le charme du monde ;

Le fer de Damoclès plane sur le festin

Du despote insensé , du peuple souverain.

O mes concitoyens ! n'affectons plus l'Empire ;

Il nous a coûté cher ce funeste délire :

Sans être le grand peuple, ah ! soyons désormais

Loyaux, braves , constans , aimables et Français.

* *

NOTES

SUR L'ÉPÎTRE AUX FRANÇAIS.

---

(1) *Neuf siècles signalés par la faveur du Ciel.*

La Chine seule, dit M. *Mont-Joye*, en admettant ses fables, a eu une dynastie, celle de Chew, qui a régné huit cent soixante - seize ans. On ne trouve que les Arsacides ensuite, qui ont gouverné les Parthes l'espace de quatre cent vingt-quatre ans seulement.

(2) *Nommer un Roi, c'étoit nommer le Roi de France*

Dès le berceau de la monarchie française, c'est encore M. Mont-Joye qui parle, le Pape Grégoire premier, sur-nommé le Grand, écrivoit à Childebert : Il y a autant de différence entre un Roi de France et les autres Rois, qu'entre un Roi et le vulgaire des hommes.

Mathieu, célèbre historien anglais, dit dans la vie d'Henri III, roi d'Angleterre : Le Roi de France, c'est le plus digne et le plus noble de tous les Rois ; il est re-gardé comme le Roi des Rois, tant à cause de son onc-tion céleste, que par rapport à sa puissance guerrière.

Autrefois, ajoute M. Mont-Joye, lorsqu'on citoit en Europe le nom de Roi, sans ajouter de quelle nation, on entendoit toujours le Roi de France.

(3) *Vingt peuples n'ont-ils pas vu nos Princes monter .*
Sur leurs trônes brillans tous fiers de les porter ?

La Maison de France, c'est toujours M. Mont-Joye que
je cite, a donné à la France trente-huit Rois ; vingt-trois
au Portugal, treize à la Sicile, onze à la Navarre, quatre à l'Espagne et aux Indes, autant à la Hongrie, à la
Croatie et à l'Esclavonie ; deux à la Pologne, un à
l'Ecosse, plusieurs à Naples, sept Empereurs à Constantinople, plus de cent ducs à la Bourgogne, à la Bretagne,
à l'Anjou, au Bourbonnois, à la Lorraine et au Brabant.
Enfin, plusieurs Maisons vassales et sujettes de la Maison
de France ont régné en Angleterre, en Castille, en
Ecosse, en Arménie, en Chypre, à Jérusalem, à Naples
et à Constantinople.

(4) *Louis six n'est point sourd au cri de la patrie.*
Louis le Gros qui affranchit les communes.

(5) *Au sein d'une Oasis, où l'onde qui murmure.*
Nous devons encore comprendre dans la topographie
de l'Egypte les *Oasis* qui, de tout temps, ont fait partie
de ce royaume. *Strabon* a donné une excellente défini-
tion du mot *Oasis.* On appelle ainsi, dit-il, dans la langue des Egyptiens, des cantons habités, mais environnés
entièrement de grands déserts, et semblables à des îles
de la mer. (*MALTE-BRUN : Précis de la Géographie univer-*
selle).

**

(6) *Voilà notre espérance et le cortége auguste*
Dont s'entoure à nos yeux le successeur du Juste.

La légitimité peut seule mettre la France en paix avec l'Europe et avec elle-même Il en est d'un Etat comme d'un individu qui, pour être bien avec les autres et avec lui, doit pratiquer la vertu.

(7) *Amiens que l'on surprend sans égarer son zèle.*

Amiens surprise par les Espagnols, sous le règne du Grand Henri, n'en resta pas moins attachée à son Roi. Cette ville a mis le comble à sa gloire, dans ces derniers temps. Après le vingt mars, la garde nationale d'Amiens fit afficher, dans toute l'étendue de son département, une déclaration des plus énergiques contre l'usurpateur.

Beauvais, qui repoussa les attaques du duc de Bourgogne, et qui, durant les trois mois de l'usurpation, s'est montrée constante dans son attachement pour Louis-le-Désiré, mérite à jamais le surnom de toujours fidèle.

(8) Si le secret d'ennuyer n'étoit pas celui de tout dire, j'aurois pu nommer un très-grand nombre de généraux et d'officiers supérieurs qui, dans ces trois mois de honte et de trahison, ont soutenu l'honneur du nom Français; et quand plus bas j'ai réduit au nombre mille, les soldats qui sont restés fidèles, on sent aisément que c'est une concession forcée faite à la mesure impérieuse du vers.

ÉPITRE

A M. LE VICOMTE DE CHATEAUBRIAND,

Sur son Itinéraire de Paris à Jérusalem.

Vous, qu'un zèle pieux, des bords de Salamine,
Au travers des périls, conduit en Palestine,
Vous reviendrez bientôt dans les murs de Paris,
De vos nobles travaux y recueillir le prix.
A nos regards déjà sur votre front s'enlace
La palme d'Idumée au laurier du Parnasse.
Que la Religion, pour captiver nos cœurs,
Pieux chantre d'Eudore, emprunte vos couleurs.
L'envie en rougira ; mais que vous fait l'envie,
Quand l'Europe applaudit à vos chants pleins de vie !
Confiez votre gloire au tardif avenir.
Pour moi, de vos récits gardant le souvenir,
J'ose suivre vos pas vers ces plages classiques,
Où puisent vos tableaux leurs teintes Homériques.
J'évoque de grands noms sur des tombeaux poudreux.

****

** ...

Vous partez, chantre aimé des Muses et des Dieux !
Je vous suis : des Jumeaux je vois briller l'étoile,
Et l'heureux Yapix enfle déjà la voile. (1)
La terre fuit ; la mer, s'ouvrant sous l'aviron,
S'agrandit comme au jour s'élargit l'horizon.
Notre nef a rasé les rives d'Illyrie
Et les coteaux vineux de la Céphalénie. (2)
On voit se hérisser les rocs de Néritos.
Bientôt, dans le lointain, s'élevant sur les flots,
Zacinthe s'offre à nous de ses bois couronnée.
Au propice zéphyr la voile abandonnée,
Des flots Ioniens nous porte aux bords chéris,
Où les beaux-arts en deuil errent sur des débris.
O qu'ils charmoient les sens le culte de la Grèce,
Son suave climat, sa langue enchanteresse !
Sous un Ciel toujours beau, toujours cher aux zéphy
Sur un chemin bordé de rians souvenirs,
L'imagination doucement se promène
Des rives de Cécrops aux plaines de Messène.
Elle aime à visiter les sables de Pylos, (3)
Les pâturages gras dont se vante Amartos, (4)
Ithaque et ses rochers, la royale Mycène, (5)
Le stade d'Olympie et l'*aimable Tréçène*,
La Delphes d'Apollon, l'Éleusis de Cérès,
Ithome au front guerrier, Taygète et ses forêts, (6)
Argos chère à Junon, déesse aux bras d'albâtre,

Et Cythère, où couroit une foule idolâtre.

Bords fameux, autrefois l'orgueil de l'univers,

Où naquirent ces dieux, brillans enfans des vers,

Dont les vers chaque jour s'embellissent encore ;

Salut, champs fortunés que tant de gloire honore !

A vous, Grecs que ceignoient le myrthe et le laurier !

Salut, enfans des arts, peuple aimable et guerrier,

Favori des Amours et cher à la Victoire !

Que de faits parmi vous assiègent la mémoire !

L'histoire, à chaque instant, s'y déroule à nos yeux.

Elles ont appelé nos pas religieux,

Les cendres d'un grand homme, au foyer de Mégare. (7)

Fuyant les flots amers qui couronnent Ténare,

Je vois l'âtre sacré qui cache Phocion,

La cité d'Aratus, les bords de Marathon, (8)

Le tombeau de la Grèce aux champs de Chéronnée,

Pise, sur des lauriers pleurant abandonnée. (9)

L'opulente Corinthe arrête ici nos yeux.

Laissons Timoléon délivrer ces beaux lieux,

Où l'Etna mugissant, de sa flamme agrandie,

Eclaire au loin les flots des mers de Sicanie : (10)

Irrité par l'effort de l'énorme Titan,

S'exhale en feux épais le courroux du volcan.

Contemplons dans les murs que rafraîchit Pirène, (11)

Un despote tombé sous la publique haine :

Là, pour que les Denys pâlissent en tout temps,

**....

L'École de Corinthe est ouverte aux tyrans.

CHATEAUBRIAND, par-tout germent dans vos ouvrages
Ces tristes vérités, moissons de vos voyages :
Rien n'est stable ici-bas ; ici-bas tout finit.
Hélas ! sur la vertu quiconque ne bâtit,
Qui n'édifie enfin sur ces bases divines,
Ne saura qu'à grands frais préparer des ruines.
Des ruines ! cachant les siennes à nos yeux,
Cette ville, où Lycurgue a fait des demi-dieux,
Où naît Léonidas qui meurt aux Thermopyles,
Déroboit ses débris aux regards des habiles.
Un Dieu, CHATEAUBRIAND, a dirigé vos pas :
Nous savons où fut Sparte, aux bords de l'Eurotas.(12)
Agésilas, sauveur de sa fière patrie,
Menaçant le grand Roi dans le sein de l'Asie,
Ne ramenera plus, dans leurs nobles foyers,
Ses citoyens avec ou sur leurs boucliers. (13)
A travers les sillons brille la Mosaïque ;
Assis sur les débris d'un théâtre lyrique,
Dont jadis l'harmonie enchantoit les échos,
Un pâtre, seul, en paix enfle ses chalumeaux.
Dans les champs belliqueux des brillans Tyndarides(14)
Sparte a perdu son nom ; au sang des Héraclides
Succède ce berger, qui, roi de ces débris,
Fait paître son troupeau sur la tombe d'Agis.

Voilà ce qu'à nos yeux offre la Laconie.

La terre, il est donc vrai, n'est qu'une hôtellerie,

Où s'arrêtent un jour quelques nouveaux venus :

Ils reprennent leur route, on ne les revoit plus.

Dans ces tristes pensers, quel tableau me réveille ?

L'élégant Parthenon, le mont cher à l'abeille, (15)

Le temple d'Erecthée, en frappant nos regards,

Viennent nous déceler la reine des beaux-arts ;

Mais telle que les Huns et le temps nous l'ont faite ;

Etalant tristement au pied du mont Hymette,

Les sublimes lambeaux d'une antique splendeur :

Ils s'animent pour nous ces restes de grandeur.

Là s'ouvre un port fameux, là s'arrondit un dôme,

Se relève un chef-d'œuvre, ou s'éveille un grand homme.

Sur Athène est empreint le goût de Périclès.

Alcibiade, cher à la blonde Cérès, (16)

D'Athène aux goûts légers, fut l'abrégé fidèle ;

Grand, aimable, brillant et volage comme elle.

Ici dictoit ses lois le sage et doux Solon ;

Là, le juste Aristide expia ce renom.

J'aperçois le théâtre, où, non loin de Colone,

Sophocle, en l'amenant sur les pas d'Antigone,

D'Œdipe terminoit le tragique destin ;

Où le tendre Eurypide, un poignard à la main,

A son vainqueur futur traçoit Iphigénie.

Dans les fers d'un pacha, languissante, avilie,
De la fière Pallas la superbe cité
Entend, sans tressaillir, le mot de liberté.
Il est désert le Pnyx, d'où veillant sur l'Attique (17)
Démosthène tonnant lançoit sa Philippique.
Sous Mélitus, le sage expira dans ces lieux ;
L'envieux se cacha sous le voile des dieux,
De ces dieux si petits comparés à Socrate.
Abandonnons Athène aimable, quoiqu'ingrate.

Salamine apparoît. Qu'êtes-vous devenus
Thémistocle, Athéniens, toi, fils de Darius,
Perses, qui tarissiez jusqu'aux fleuves eux-mêmes ?
Montrez-nous vos débris, innombrables trirèmes.
Soldats, vous menaciez d'inonder l'univers ;
Sous vous, nefs, se cachoit le vaste sein des mers :
De ces nombreux vaisseaux sous qui ployoit Neptune,
Une nacelle seule, ô mortels ! ô fortune !
Sur le désert des mers flottant avec effroi,
Reste pour se charger du salut du grand Roi. (18)

Mais le front du Taureau brille sous les Pléïades :
Dégageons notre nef du cercle des Cyclades.
Hélas ! sans les toucher nous voyons fuir ces bords,
Où de nombreux héros descendoient chez les morts,

Par Hector immolés, moissonnés par Achille.
Que de fois ai-je dit, dans mon champêtre asile :
O que ne suis-je né sur ces bords ennoblis,
D'où fuit rapidement l'antique Simoïs ;
Dans ces champs immortels, où l'Europe et l'Asie
Ont combattu dix ans pour la beauté ravie,
D'où le fils de Vénus, loin du Grec destructeur,
S'exila, confiant au pin navigateur
L'espoir de Dardanus, la race d'un grand homme, (19)
Les débris d'Ilion et le berceau de Rome !
Maudissant de grand cœur les efforts inhumains
Du bouillant Diomède aux sacriléges mains,
Qui fit couler le sang de la belle déesse ;
Là, j'aurois peint Ajax, ce rempart de la Grèce,
Sous un lourd bouclier à l'immense contour,
Menaçant Jupiter à la clarté du jour ;
Le rapide coursier emportant dans la plaine
Le jeune et beau Pâris, le char léger qu'il traîne.
J'aurois dit ce réseau récélant dans ses plis
Les amours, les plaisirs, hélas ! et les soucis ;
Du roi des immortels la dévorante flamme,
Et Junon et l'Ida, l'Ida cher au dictame ;
L'infortuné Priam, chargé d'ans, de chagrins ;
Et d'Achille baisant les homicides mains,
Et l'Epouse d'Hector de larmes arrosée,
Andromaque pleurant à la porte de Scée. (20)

Je parle encor ; la nef voguant vers Ténédos ,
Déjà rapidement va glissant sur les flots.
Le verdoyant Ida recule dans la nue ;
La tombe d'Ajax fuit , s'abaisse, est disparue. (21)

Je cherche en vain des yeux cette reine des mers ,
Cette opulente Tyr , portant dans l'univers
Les toisons de Sidon et l'or de la Bétique ,
Et ces signes par qui l'univers communique ,
Qui notent la pensée , et la montrant aux yeux ,
La rendent immortelle et présente en tous lieux.
Là , venoient s'échanger l'ambre de Sarmathie ,
Les tapis fastueux de la molle Lydie ,
Le fil de la Sérique et la perle d'Ormus , (22)
Et l'étain de Thulé , le diamant de l'Indus ,
Le froment nourricier que le Nil fait éclore ,
Ou le vin que mûrit la salubre Épidaure ,
Et l'encens de Palmyre embaumant le vallon :
Palmyre que jadis éleva Salomon ,
Où les beaux-arts régnoient auprès de Zénobie ,
Aux sables du désert se cache ensevelie.

Tyr est muette aussi sur ses bords délaissés :
Son sein plus ne s'emplit de peuples empressés ;
Et ses murs s'écroulant à la voix du Prophète ,

N'offrent qu'à des pêcheurs une obscure retraite,
Ils sèchent leurs filets sur ces rocs demi-nus, (23)
Où des princes marchands, sur la pourpre étendus,
Favoris de Plutus, dominateurs de l'onde,
Etoient le centre, l'ame et le lien du monde.
Ils n'apporteront plus, pour embellir Sion,
Le cèdre du Liban, la pourpre de Sidon ;
Pour elle ils n'iront plus, d'une voile assurée,
Chercher la riche Ophir sur les mers d'Erythrée.
Jérusalem soupire et gémit dans les fers :
Quels cris longs et plaintifs partent de ces déserts,
Où s'assied d'Ismaël la tente voyageuse ?
C'est toujours de Rama cette voix douloureuse (24)
Qu'on entend ; et Rachel, pleurant ses fils perdus,
Ne veut se consoler, parce qu'ils ne sont plus.
Pleurez, tendre Rachel ; la race bien-aimée
A délaissé Saron, sa plaine parfumée, (25)
Engaddi, cher encor au pampre de Noë.
L'Ange n'agite plus les flots du Siloë.
Là, du Dieu de Jacob sont brisés les portiques ;
Des enfans de David ont cessé les cantiques :
Sur la terre à présent ils courent répandus.
Malheureuse Sion, tes honneurs ne sont plus !
La voix de l'avenir parlant par Isaïe,
Ni les accens touchans du plaintif Jérémie
N'arrêtent point tes pas entraînés vers l'erreur;

Tu fermes à leur voix ton oreille et ton cœur.
Le monde, sous César, ne forme qu'un empire ; (26)
Sur la foi d'un oracle il s'agite, il soupire :
Dans tes livres, Sion, est marqué cet instant.
L'univers a tourné les yeux vers l'orient.
D'une Race plus pure alors impatiente,
La terre a tressailli dans une sainte attente :
Il paroît l'Homme-Dieu, le promis d'Israël,
L'espoir des Nations, le Fils de l'Éternel.
Sur le tronc de Jessé croît cette fleur divine,
Ce sacré rejeton promis à sa racine ;
Et favoris des Cieux, toujours frais, toujours verts,
Ses rameaux protecteurs ombragent l'univers.

Que l'antique Sion à nos yeux se réveille,
Et nous montre son temple, étonnante merveille,
Le cénacle, où, tenant le bâton voyageur, (27)
Au sein de ses élus, et près d'un imposteur,
Jésus, agneau mystique, à leur bouche ravie
Offre le Pain des Cieux, la Coupe de la vie ;
Où, sur eux, son Esprit en traits de feu descend ;
D'où leur zèle, en tous lieux, comme un fleuve s'épand ;
Tout reconnoît le Dieu que leur martyre atteste :
Là Jacques, le premier, élève un Pain céleste ; (28)
A sa puissante voix les Cieux sont entr'ouverts,
Et le pain a fait place au Dieu de l'Univers :

Effaçant des Gentils la tache injurieuse,
Là coule sur leur front l'onde mystérieuse ;
Là, d'abord fut juré ce pacte précieux
Qui racheta notre ame et nous unit aux Cieux.
Ces temples sont déserts. De leur divine enceinte,
Volons vers cette voie, et douloureuse et sainte,
Que Jésus consacra par son sang rédempteur.
Là Dieu, comme un mortel, a connu la douleur.
C'est ici qu'il a bu le calice perfide :
Son corps fut élevé sur ce mont déicide,
D'où ses yeux ont pleuré sur ses vils ennemis.
Là paroîtra sa Croix, qui doit, aux temps prescrits,
Se relever, briller sur sa base profonde,
Et triompher, debout sur les débris du monde.

Mais, jamais dignement ; non, non, jamais mes vers
Ne chanteroient Sion, la reine des déserts.
Là, les monts ne sont sourds, ni les grottes muettes.
Pour les peindre il faudroit Racine ou les Prophètes.

Hérodote à son tour peut seul, dans ses récits,
Dévoiler le savoir des prêtres de Memphis.
D'autres vont dépouiller leurs sacrés logogriphes
Du voile monstrueux de leurs hiéroglyphes ;
Des mystères percer le ténébreux effroi,
Un si vaste laurier n'a point verdi pour moi.

Mais je te presse enfin terre féconde en sages.
O Nil ! l'on ne voit plus, de tes heureux rivages,
Les beaux-arts s'en allant, par des chemins divers,
Brillante colonie, embellir l'univers.
Sous le sabre d'Omar expire la sagesse
Qui du monde naissant a poli la rudesse.
La pyramide seule, au lointain voyageur,
Dit qu'il fut une Egypte ; et de tant de splendeur
L'on voit de grands tombeaux pour un peu de poussière.
Mœris n'aperçoit plus, sur son lac solitaire,
Les palais de ses Rois, ses temples, ses autels :
Il reste de la mort les palais immortels.
L'Arabe vagabond foule Thèbe au cent portes.
Elle n'est plus Péluse aux murailles si fortes.
Où naquit Sésostris, aux murs des Pharaon,
Règne, au nom d'un pacha, votre Abdallah gascon. (29)

Pourquoi, CHATEAUBRIAND, vous rire de mes pères ;
De ces gascons au ton, aux formes familières,
Traînant, comme une chaîne, en tous lieux leur accent,
Dont la folle hyperbole est en butte au plaisant ?
Ils ont donné, soit dit, entre nous sans jactance,
Le plus doux, le plus gai de ses Rois à la France ;
Et ce meilleur des Rois n'eût point été surpris
De voir votre Abdallah faisant trembler Memphis.
Il disoit d'un terrain d'une maigre surface :

Semez-y des gascons ; cette plante est vivace.
D'ailleurs à Mahomet , gascon fut toujours cher:
Un d'eux même , autrefois , fut cadi dans Alger. (30)

Si je défends ici ma chère Vasconie ,
Mon amour est égal pour la grande Patrie.
Fier du nom de Français, j'aime , aux murs de Didon ,
A retrouver encor tout l'éclat de ce nom ;
A revoir *Saint Louis* , à son heure dernière ,
Tourner sur ses sujets encor des yeux de père.
Marius , dans ces lieux , ne l'égalera pas :
Il flétrit de Caton l'inutile trépas.
Louis mourant , aux Rois trace un code suprême ,
Et donne des conseils qu'il a suivi lui-même.
Sur des bords étrangers , sur la cendre étendu ,
Celui qui , jeune et Roi , chérissoit la vertu ,
Enfant , à Taillebourg sut conquérir la gloire, (31)
A la Massoure après fit rougir la victoire ,
Succombe ; lui qui fut la source de nos lois ,
Et la tige , pour nous , si féconde en bons Rois ;
Qu'on vit , à ses sujets , dans le bois de Vincenne ,
Départir la justice assis au pied d'un chêne ;
De ces bords étrangers , il vole dans les bras
De celui dont Louis fut l'image ici-bas.

Dans cette mer de pleurs , dans ce séjour d'alarmes ,
Quels yeux n'ont apporté le tribut de leurs larmes ?

***

Quoi ! toujours des tombeaux, des soupirs, des regrets !
Sous le chaume des pleurs ! des pleurs dans les palais !
Nous avons vu nos pas fouler Lacédémone :
Cherchez où fut Ninive, où régna Babylone,
L'Euphrate a dévoré jusques à ses débris.
Carthage a disparu. Dans quel lieu fut Memphis ?
La voile fuit de Tyr le rocher méprisable ;
Sion, dans le désert, cache son front coupable ;
Athènes pleure encor ses monumens ravis.
Quand Dieu veut remplacer des peuples amollis,
Appelant des Germains les hordes inhumaines,
Il leur ouvre la voie et leur lâche les rênes.
L'orage tonne, approche ; et du nord débordé,
D'un déluge nouveau le monde est inondé.
De ces peuples nombreux que dévore la guerre,
Quelqu'un surnage à peine et s'assied sur la terre.
Arabes, Visigoths, Mèdes, Egyptiens,
Persans, Carthaginois, Grecs, Juifs, Assyriens,
Sur le globe sanglant se pressent et s'écoulent.
Que de sang répandu ! Que d'empires s'écroulent !
Rome qui dévora mille peuples divers,
Tombe accablée enfin du poids de l'univers.
Baignez-vous dans le sang, ployez sous vos rapines,
Conquérans, poursuivez : mais la voix des ruines
Sur le char triomphal sans-cesse vous poursuit,
Et vous redit sans-cesse : Ici-bas tout finit.

Tout finit........ O destin ! ô ma chère Patrie !
O belle France à qui j'ai fait don de ma vie !
Pour qui je verserois tout mon sang ignoré :
Dans les siècles ton nom doit voler honoré.
Le myrthe et le laurier en vain couvrent ton trône ;
Malgré tant de grandeur et la double couronne
Dont l'honneur, les beaux-arts ornent ton front royal ,
L'avenir, dans son sein , porte ton jour fatal.
Ton nom s'efface alors du faste des empires ;
N'en hâtons point l'instant par nos cruels délires.
De ton trône céleste, ô bienheureux *Louis* ,
Daigne sourire encor au peuple de Clovis !
Qu'il périsse en son germe un avenir funeste !
Mais si nous ne pouvons vaincre l'arrêt céleste ,
Peut-être quelque jour qu'un lointain voyageur,
Attiré par l'éclat d'une ancienne grandeur ,
Accourra visiter cette France brillante ,
De valeur, de talens, de gloire éblouissante ,
Fouillera nos débris , future antiquité :
Hélas ! CHATEAUBRIAND , tout n'est que vanité.

NOTES

Sur l'Épître à M. le Vicomte de CHATEAUBRIAND.

———

(1) *Et l'heureux Yapix enfle déjà la voile.*

Ce vent, dit M. *Noël* dans son Dictionnaire de la fable, servoit à passer d'Italie en Grèce.

(2) *Et les coteaux vineux de la Céphalénie.*
On voit se hérisser les rocs de Néritos.
Bientôt, dans le lointain s'élevant sur les flots,
Zacinte s'offre à nous de ses bois couronnée.

Jam medio apparet fluctu nemorosa Zacyntos,
.... Sameque et Neritos ardua saxis.

ENÉÏDE, Liv. 3.

Samé étoit le premier nom de l'île de Céphalénie, située dans la mer Ionienne, et célèbre par ses vins.
Néritos étoit une montagne de l'île d'Ithaque.
Zacinthe étoit bordée de tous côtés par de hautes montagnes couvertes de bois.

(3) *Elle aime à visiter les sables de Pylos.*

La sabloneuse *Pylos* étoit la capitale des états du vieux Nestor.

(4) *Les pâturages gras dont se vante Amartos.*

Amartos, ville de la Phocide, fameuse par ses pâturages. (*Hymne à Apollon attribuée à Homère*).

(5) .... *La royale Mycène.*

Je lui donne cette épithète, parce que le roi des rois, Agamemnon, prenoit le titre de roi de *Mycène* et *d'Argos.*

(6) *Ithome au front guerrier, Taygète et ses forêts.*

On connoît le long siège que les Messéniens ont soutenu sur le mont *Ithome.*

La montagne de *Taygète*, dans la Laconie, étoit couverte de forêts. *Virgile*, dans ses Géorgiques, vante la fraîcheur des ombrages de cette montagne.

(7) *Les cendres d'un grand homme, au foyer de Mégare. Fuyant les flots amers qui couronnent Ténare.*

Qui n'a entendu parler de la femme de *Mégare*, qui ensevelit sous son foyer les cendres de *Phocion* ?

Les flots amers qui couronnent Ténare, peut paroître une expression plus que hasardée. *Homère*, dans l'Hymne à Apollon, qu'on lui attribue, dit : *Ils parviennent à la ville de Ténare que la mer couronne.* Ténare, située près du promontoire du même nom, dans la Laconie, étoit sans doute moins élevé que les eaux de la mer qui l'environnoient, comme cela se voit encore dans la Hollande.

(8) *La cité d'Aratus............*

Sycione, patrie d'Aratus.

(9) *Pise, sur des lauriers pleurant abandonnée.*
Les jeux olympiques se sont aussi célébrés à *Pise,* en Elide.

(10) *Eclaire au loin les flots des mers de Sicanie.*
Sicanie, un des noms de la Sicile.

(11) *Contemplons dans les murs que rafraîchit Pirène.*
Pirène, fontaine de l'Acrocorinthe.

(12) *Nous savons où fut Sparte, aux bords de l'Eurotas.*
M. *de Chateaubriand* est le premier qui a retrouvé l'emplacement de *Lacédémone,* dans le lieu appelé Paleochórion, ou le vieux Bourg.

(13) *Ses citoyens avec ou sur leurs boucliers.*

Aut hunc, aut in hoc, disoient les mères aux jeunes Spartiates partant pour la guerre.

(14) *Dans les champs belliqueux des brillans Tyndarides.*

Castor et Pollux, fils de Tyndare et de Léda.

(15) *L'élégant Parthenon, le mont cher à l'abeille.*

Le *Parthenon* étoit le temple de Minerve dans la cita-
delle d'Athènes. *Le mont cher à l'abeille*, le mont
Hymette.

(16) *Alcibiade cher à la blonde Cérès.*

Alcibiade conduisit, par la voie sacrée, la procession
vers Eleusis, quoique Agis, roi de Lacédémone, couvrît
cette route avec son armée et fut maître du fort Décelée.

PLUTARQUE, Tome 3.

(17) *Il est désert le Pnix.........*

C'étoit au *Pnix* que se tenoient les assemblées publi-
ques des Athéniens.

(18) *Reste pour se charger du salut du grand Roi.*

Xerxès se trouva heureux que de tant de mille vaisseaux il lui restât encore une barque pour traverser l'Hellespont.

(19) *L'espoir de Dardanus, la race d'un grand homme.*

On sait que César prétendoit descendre d'Iule, fils
d'Enée et petit-fils de Vénus.

(20) *Andromaque pleurant à la porte de Scée.*

Qui n'a lu dans Homère les adieux d'Andromaque et d'Hector aux portes Scées ?

(21) *La tombe d'Ajax fuit, s'abaisse, est disparue.*

Le tombeau d'Ajax étoit, d'après le géographe *Strabon*, placé au cap Rhétée, et paroissoit de l'Hellespont.

(22) *Le fil de la Sérique........*

La Sérique des anciens, dit M. *Malte-brun*, embrassoit les parties occidentales du Thibet, le Sérinagor, le petit Thibet, le Kachemire. La soie, dit M. de *Volney*, est originaire des pays montueux où se termine la grande muraille, et qui paroît avoir été le berceau de l'empire Chinois.

(23) *Ils sèchent leurs filets sur ces rocs demi-nus,*
Où des princes marchands........

Siccatio sagenarum in medio maris, dit *Ezéchiel*, chapitre 26, en parlant de Tyr.

Des princes marchands.......... Cujus negociatores principes. *Isaïe*, chapitre 23, parlant des Tyriens.

(24) *C'est toujours de Rama cette voix douloureuse.*

Vox in Ramâ audita est, ploratus et ululatus multus;

Rachel plorans filios suos , et noluit consolari , quia non
sunt. *Jérémie* , chapitre 31 ; *St.-Matthieu* , chap. 2.

(25) *A délaissé Saron , sa plaine parfumée ,*
Engaddi , cher encor au pampre de Noë.

La plaine de Saron dont l'Ecriture vante la beauté , se
couvre encore au printemps de beaucoup de fleurs. Les
coteaux d'Engaddi , près de Betlhéem , fournissent au-
jourd'hui , comme du temps des Hébreux , un excellent
vin.

(26) *Le monde , sous César , ne compte qu'un empire.*
Je veux parler de César-Auguste.

(27) *Le cénacle , où tenant le bâton voyageur.*
En mémoire du départ de l'Egypte , les Juifs man-
geoient l'agneau pascal ayant à leur côté un bâton ,
comme s'ils eussent été prêts à se mettre en voyage.

(28) *Là Jacques , le premier , élève un pain céleste.*
Saint Jacques-le-Mineur ayant été consacré premier
évêque de Jérusalem dans le saint Cénacle , j'ai feint
que dans ce lieu , et par lui , fut dite la première Messe
et se donna le premier Baptême.

(29) *Règne , au nom d'un pacha, votre Abdallah gascon.*
M. de *Chateaubriand* a rencontré au Caire un Abdallah

de Toulouse, qui avoit quitté notre armée d'Egypte, et qui étant dans les bonnes grâces du pacha, gouvernoit pour ainsi dire cette province.

(30) *Un d'eux même, autrefois, fut Cadi dans Alger.*

Je dois l'idée de ces deux vers à une anecdote que M. *Villeneuve de Bargemont*, maintenant Préfet de Marseille, raconte dans son intéressante notice sur la ville de Nérac. La voici : deux matelots de Thouars sur Garonne furent pris par les Algériens, et amenés devant le Cadi, pour être signalés et ensuite vendus. Ce Cadi étoit un petit homme joufflu, gros et gras ; et l'un de nos gascons dit en patois, à son compagnon, en regardant cette figure grotesque : *Espie, men, aquet b.....* *se déharé bien d'une bonne motte d'escadon.* C'est-à-dire : *Regarde, mon ami, ce b........ il se défeivoit bien d'une bonne tranche d'escaudon ;* (bouillie épaisse qui se fait avec de la farine de maïs). Il fut bien surpris, lorsque le Cadi lui répondit dans le même langage : *Osta bien que tu, goulut ; Aussi bien que toi, glouton.* Nos deux matelots se crurent perdus, et s'attendoient à recevoir au moins la bastonnade. Leur crainte redoubla quand, après l'audience, le Cadi les fit rester dans la salle. Il leur demanda à quelle contrée de la Gascogne ils appartenoient : *Nous sommes de Thouars sur Garonne,* répondirent-ils. *En ce cas,* dit le Cadi, *nous sommes voisins, car je suis de Xaintraille* ; et après s'être informé de sa famille et de ses connoissances, il leur rendit tous les services qui pouvoient dépendre de lui.

Pour plus forte preuve que, d'après l'avis d'Henri IV, les gascons prennent partout, M. Villeneuve remarque, d'après le marquis de Mirabeau, que le gardien du Saint Sépulchre, à Jérusalem, étoit un cordelier gascon ; et que c'étoit à un rénégat du même pays qu'étoit confiée la garde du tombeau de Mahomet, à Médine.

(31) *Enfant, à Taillebourg sut conquérir la gloire,*
A la Massoure après fit rougir la victoire.

Saint Louis, à l'âge de quinze ans, remporta sur les Anglais une victoire signalée à Taillebourg. Il y combattit de sa personne, comme le plus simple chevalier de son armée.

La fortune l'abandonna à la bataille de la Massoure, auprès de la petite ville de Cassel en Egypte, mais non pas sa vertu. Il sut se faire respecter des barbares dont il étoit l'esclave. Un Sarrasin lui crie en levant le poignard sur lui : *Arme-moi chevalier, ou tu meurs. Si tu veux l'être, fais-toi chrétien, ou bien approche et perce-moi le cœur,* répond le saint Roi.

———

~~~~~~~~~~~~~~~~~~~

COUPLETS

Chantés le 21 Juillet, à la fête qui eut lieu à Cazaubon, lors du retour du Roi.

AIR : *Le premier pas.*

Sauve le Roi, puissant Dieu du tonnerre,
Nos fronts pour lui s'inclinent devant toi :
Dieu qui repousse et le sang et la guerre,
Pour le bonheur, le repos de la terre,
        Sauve le Roi !   *bis.*

Voilà le Roi : mon ame est attendrie ;
Mon cœur palpite alors que je le voi :
Fier despotisme, orageuse anarchie
Eloignez-vous de ma chère Patrie,
        Voilà le Roi.   *bis.*

Vive le Roi ! dans le sein du naufrage ;
Ce cri sauveur est parti du beffroi.
Ils sont tombés les flots du grand orage ,
Le Français crie , en touchant le rivage :
Vive le Roi !

               bis.

Si veut le Roi , disoient jadis nos pères ,
Si veut le Roi , si veut aussi la loi :
Plus de partis , de haines meurtrières ;
Soyons Français, embrassons-nous en frères ,
Si veut le Roi.

               bis.

De par le Roi : vous, mères désolées
Courez presser vos enfans sans effroi :
Enfans, couvrez nos plaines dépeuplées ;
Moissons, dorez nos incultes vallées ,
De par le Roi.

               bis.

De par le Roi, sur nos nefs vagabondes,
Les vins d'Aï, de Laffite et d'Arboi,
L'eau d'Armagnac, voyageant sur les ondes,
Vont librement enivrer les deux mondes,
De par le Roi.

               bis.

Buvons au Roi qui fait boire le monde :
Si ses vertus comptoient de bonne foi ,
Ici chacune une coupe profonde ,
Phœbus , trois jours nous verroit à la ronde
         Buvant au Roi.   *bis.*

L'ANE ET L'ABEILLE.

FABLE.

Dans un parterre, sans façon,
Foulant œillet et pâquerette,
Un jour messer Aliboron
Fourrageoit l'humble violette ;
Et tandis que haut il mâchoit,
Et qu'une abeille l'écoutoit,
En nasillant il s'écrioit :
Quoi ! voilà la fleur tant vantée ?
Cette fleur si souvent chantée ?
Ah ! l'homme s'y connoît vraiment.
Je croyois n'être qu'une bête
Auprès de lui ; mais à présent
Je ne changerois pas ma tête
Contre tout son entendement.
Et voyez donc : rien de piquant
Dans cette fleur triste et maussade,
Odeur débile et goût plus fade ;
Oui, j'ose assurer maintenant

Que meilleur doit être le lierre ,
D'après la chèvre ma commère
Qui toujours juge posément.
Mais lasse à la fin fut l'abeille,
Elle bourdonne à son oreille :
Ami , je goûte vos raisons ,
Les fleurs ne sont point votre affaire.
Croyez-moi , quittez ce parterre
Et revenez à vos chardons.

Que maint Aristarque éphémère
Qui surtout vous dit le pourquoi ,
Blâmant les auteurs qu'on révère,
Aille jugeant, tranchant en roi.
Dans cette critique indiscrète ,
Je vois l'âne et la violette
Et l'abeille répond pour moi.

LE REPAS CHAMPÊTRE.

IDYLLE.

Le midi brûle la campagne,
Les troupeaux vont cherchant le frais,
Et, couché près de sa compagne,
Le berger dort dans les forêts.
Ah ! bornons ici notre course,
Naïs ; cet humide gazon,
Le murmure de cette source
Qui, s'échappant dans le vallon,
Egare son eau vagabonde ;
Tout ici sourit à nos sens :
Naïs, ce petit coin du monde
Semble être fait pour deux amans.
Ces touffes de lierre, ce hêtre
Vont sur notre repas champêtre
Verser l'ombrage hospitalier :
Asseyons-nous ; de ce panier
Enlevons la pêche dorée,
Le vin, la fraise colorée,
Et ce lait moins blanc que ton sein.

****

P

Je te fais reine du festin ;
Par ma main Bacchus te couronne
De fleurs , de ce pampre divin
Qui trompa jadis Erigone ;
L'herbe fraîche sera ton trône ,
Et protégera nos larcins.
Vois , sur un des arbres voisins ,
Cupidon derrière la feuille
Compter les baisers que je cueille ,
Nous sourire et battre des mains.

ÉPITRE A M. C.**** B.****

PYGMALION, tu ne fais plus des Dieux !
Echo sommeille aux grottes d'Aonie ;
　　　Et les nymphes de Castalie,
Sur un cyprès gravent, les pleurs aux yeux :
Pygmalion, tu ne fais plus des Dieux !

　　　L'inconstance d'une volage
　　　A fait taire tes doux concerts.
　　　Philomèle, sous le feuillage,
　　　Exhalant ses chagrins amers,
Dans son gosier, dont frémit le plumage,
　　　Va modulant des sons divers :
Echo l'entend, et court porter ses airs
　　　Aux hôtes ailés du bocage.
De ses malheurs ramenant le récit,
L'infortuné veut bien que l'on l'écoute,
Aime à conter ce qu'il a tant redit,
Ce que demain il redira sans doute.
Il pleure ; on pleure ; et grâce à l'amitié,

L'espoir lointain à ses yeux se découvre,
   Et dans son ame qui s'entr'ouvre
   Tombent les pleurs de la pitié.

   Enfant piquant de notre veine,
   Sur l'inconstante et l'inhumaine,
   Vole et tombe le vers malin ;
   Les belles vont toujours leur train,
   Nous sommes toujours à la chaîne :
Mais notre cœur, parlant de son chagrin,
Est allégé de moitié de sa peine.
Reprends la voix ; ainsi que tes malheurs,
   Immortalise au moins tes pleurs.
   Que ta plume toute de flamme
   Laisse échapper ces vers parfaits,
Ces vers heureux qui coulant de ton ame
Vont embellir tes humides feuillets.
   Quand des jeux la troupe éphémère
Te laissera seul avec les désirs ;
   Lorsque le dernier des plaisirs
   Fuira ta tête octogénaire,
   Poursuis encor, d'un vers léger,
   D'un vers badin femme jolie,
   Qui s'y prendra, je le parie,
   Croyant te lire sans danger.
   Tel le matin Phœbus colore

Du rosier le bouton naissant ;
Telle , au rayon échappé du couchant ,
La nature sourit encore.

Aimable fou , charmant *Desiveteaux* ;
Toi qu'on vit près de ta bergère
Affublé d'une panetière ,
D'une houlette et de pipeaux ;
Qui dans Paris promenois tes troupeaux ,
Ton bonheur et ton Arcadie ;
Desiveteaux , le plus heureux des fous ,
Ainsi tu sus conserver tous les goûts ,
Quand ta mort, dont je suis jaloux ,
T'arrachoit à ta bergerie.
Tu souriois : ton amante étoit là.
Au bruit des chants de cette amie ,
De la sarabande chérie ,
Tout doucement ton ame s'exhala
Dans une lyrique agonie.
Elle courut , d'un vol heureux ,
Près des chantres aimés des Dieux ,
Sous les bosquets de l'harmonie.

A L'ÉTOILE DU SOIR.

PAROIS, Vesper, flambeau d'amour,
Eclaire ma marche tremblante,
Et conduis, au défaut du jour,
Le bien-aimé vers son amante.
Vesper, ne crains pas que ma main,
Au détour obscur d'un chemin,
Ou dans la forêt tortueuse,
Sur le voyageur incertain,
Dirige le tube assassin.
Prête-moi ta clarté douteuse ;
Je convoite un plus doux larcin.
Je cours, guidé par sa promesse,
Je cours vers ma belle maîtresse,
Plein d'amour, d'espoir, de désir.
Déjà le vent du soir caresse
La plaine où Cérès va jaunir ;
L'horizon rétréci s'abaisse,
J'entends le rossignol gémir ;
Voilà l'heure de ta tendresse :
Hâte-toi, brille, le temps presse,
Donne le signal du plaisir.

LA CAMPAGNE

APRÈS UN ORAGE.

Un silence léger règne encor dans la plaine ;
Les nuages pressés surchargent l'orient ,
  Et le soleil vers le couchant ,
  Cédant au penchant qui l'entraîne ,
Console encor ces bois d'un rayon expirant.
  Naguère ici sur la pierre ,
  Le Ciel d'accord avec mon cœur ,
  Sembloit soulager ma misère :
  Je voyois la nature entière
  Trembler sous les Dieux en fureur ;
L'éclair étincelant embraser l'atmosphère ;
Les torrens égarer leurs ravages profonds ;
Le nuage entr'ouvert par les vents vagabonds ,
Lancer en longs éclats les flots et le tonnerre.
  Je l'avoûrai , mon fol orgueil ,
  Mon ame , hélas ! dans cet orage ,
  Aimoient à trouver leur image ;

A voir s'associer l'univers à leur deuil :
    Et maintenant qu'un doux murmure
    Succède aux vents impétueux,
    Et que l'oiseau, sous la verdure,
    Reprend ses sons harmonieux ;
    Quand tout soûrit dans la nature,
    Morne et couché sur ce coteau,
    Cet aspect aigrit ma blessure,
    Je repousse cette peinture,
Et ma douleur sert d'ombre à ce tableau.

ÉPITRE

A MADEMOISELLE J.**** L.****

J'AI vu, de l'humide bandeau
Du dieu qu'on adore à Cythère,
S'échapper une larme amère ;
Et j'ai vu pâlir son flambeau.
Néris, on venoit de lui dire,
Qu'en un cloître vous enchaînant,
Vous détestiez son tendre empire :
Ce bruit tout-à-coup se répand.
Cythère et Paphos en alarmes,
A ce départ donnent des larmes.
J'en gémissois. Cet appareil,
Ces épreuves d'une novice,
Ces austérités, ce cilice
Me poursuivoient dans mon sommeil.
Enfin, sous une nuit tranquille,
Plein de ce projet malheureux,
Vous vintes éblouir mes yeux
Sous les traits de sainte Cécile.

Tout en dormant sur son grabat,
L'esprit mène joyeuse fête ;
On est ou peintre, ou potentat,
Et voire même un peu poëte.
Comme l'éclair dans la tempête,
Songes divers passent en nous :
C'est franchement maison de fous
Qu'alors notre petite tête.
Eh bien ! moi j'étois Raphaël.
Tenant sa divine palette,
Je vous peignois dans la retraite,
Les regards tournés vers le Ciel.
Courbés sur le clavier sonore,
Vos doigts s'arrêtoient suspendus ;
Ce clavier, charme des élus,
En sons lointains presque perdus
On eût dit qu'il vibroit encore.
Aux légers, aux brillans atours
Succédoit la bure pesante.
Jadis la gaze transparente,
Recélant un essaim d'amour,
Voiloit une gorge naissante ;
Mais ne la cachoit point aux yeux :
A la guimpe épaisse et flottante
Vint s'arrêter l'œil curieux.
Ils vouloient, mes pinceaux pieux,

Epargner la tresse ondoyante ;
Mais je ne sais comment ma main
Enchaîna la boucle folâtre,
Se jouant sur un cou d'albâtre,
Sous un épais bandeau de lin.
Ce costume, qu'en vain l'on fronde,
Embellissoit le plus beau sein
Et le plus joli front du monde.
Je peins alors l'air s'entr'ouvrant :
On croit l'entendre gémissant
Sous l'aile agile qui le rase.
Sur votre front éblouissant,
Les Anges s'en viennent planant
En courtes jaquettes de gaze.
Mais quel doux bruit, à vos côtés,
Vient tout-à-coup se faire entendre ?
Sur les ailes des vents portés,
Je vois les Séraphins descendre :
Ils remontent, et dans leurs bras,
Dans leur ascension légère,
Ils vont dérobant à la terre
Et vos vertus et vos appas.
De ce frêle globe de fange,
Aimable Néris, vous fuyez
Les larges et rians sentiers ;
Vous partez, secouant, mon ange,

L'humble poussière de vos pieds.
Tandis qu'une vive auréole
Couronne le front le plus doux,
De mes yeux attachés sur vous,
De votre trace qui s'envole
Je suis le cours, à deux genoux.
Déjà, déjà dans l'empirée
Se perd votre front radieux ;
Déjà sur la route sacrée
Vous n'êtes qu'un point lumineux ;
C'en est fait, la voûte azurée·
Dérobe ce point à nos yeux.
Jadis, dans la plaine hébraïque,
Elie en partant fit cadeau
A son ami, de son mateau
Et de son esprit prophétique :
Plus avare, sans contredit,
Vous nous laissiez votre tunique ;
Mais vous emportiez votre esprit.

ÉPITRE

A M. LE CHEVALIER DE L.****

On les a lus vos jolis vers,
D'un esprit brillant et facile
Charmans et trop heureux travers.
Pour ma tête jeune et fragile,
J'ai craint la douceur de vos airs :
J'ai craint que ma Muse inhabile
Ne grossit la foule indocile
De ces innombrables auteurs,
Dont la plume toute de soufre
Brûle le papier qui le souffre,
Et glace l'ame des lecteurs.
C'est de vous seul que l'on exige
Ces vers heureux, ce tour charmant.
Je ferme les yeux au prestige :
Taisez-vous ; taisez-vous, vous dis-je,
Flatteur, que je relis pourtant.
    Sachez qu'il est pour tous les âges,
Des grâces qui bravent le temps.

Si l'amour fuit les cheveux blancs,
Les Muses ne sont point volages.
Reprenez la lyre et vos chants,
Vous qui, sur la vague marine,
De Richelieu vrai compagnon,
Battiez chaque jour en ruine
Les Anglaises et Port-Mahon ;
Qui de Ferney vîtes la terre,
Son demi-dieu dans son éclat ;
Vous, aimable comme Voltaire,
Et libertin comme Dorat.

 Saturne, de sa main pesante,
Effleure à peine votre cœur,
Et n'éteint point, par sa froideur,
Votre voix flexible et brillante :
Du printemps elle a la fraîcheur.
A quoi bon vous plaindre sans cesse
Du temps qui doucement vous presse ?
Ah ! votre hiver, sans contredit,
Vaut encor mieux que ma jeunesse ;
Je sens que le monde vieillit.
C'est à vous de charmer les belles,
C'est à vous de chanter leur nom ;
Grâce à la loi du talion,
D'être encor plus volage qu'elles.

 Sans doute, dans votre printemps,

Plus d'une nymphe aux yeux brillans,
Dut s'empresser de faire fête
A la Muse vive et coquette,
Qui rime encor comme à vingt ans.
O qu'ils devoient être piquans
Les récits des péchés charmans,
Heureux enfans d'une jeunesse
Partagée entre la tendresse
Et les nobles travaux des champs !
Ah ! si, cédant à ma prière,
En vers légers, doux et coulans,
Comme enfin vous savez en faire,
Dans le beau pays des amours,
De vos erreurs, de votre cours,
Vous nous traciez l'itinéraire, (1)
Je passerai la main légère
Sur tous vos gros péchés divers.
Je ne saurois être assez rude
Sur l'art de faire de beaux vers :
Car c'est un péché d'habitude.

_____

(1) M. _le Chevalier de_ L.**** _avoit parlé à l'Auteur,_
d'un de ses Ouvrages intitulé Ma confession.

PHROSINE.

IDYLLE.

ENFANT des champs, tendre bergeronnette,
Si de la ville il venoit damoiseau,
Te rencontrant le long de frais ruisseau,
Double le pas, et, sans tourner la tête,
Ferme l'oreille et suis le fil de l'eau.
Et vous beautés, trop long-temps insensibles,
Sachez aussi que tout ressent les lois
Du tendre amour : les traits de son carquois,
Pour être lents, n'en sont que plus terribles.
Vous fléchirez sous son joug amoureux :
Pour devenir aux bergers favorables,
Prenez le temps où vous êtes aimables.
Qui n'a connu Phrosine aux blonds cheveux,
Aux yeux d'azur, à la taille élégante?
Qui n'admira sa grâce ravissante ?
A cent bergers, sa funeste beauté,
A sans pitié la liberté ravie ;
Elle a troublé le repos de leur vie :
Tous malheureux, chacun de son côté

S'en va criant à l'inhumanité,
Et l'inhumaine en paroît plus jolie.
Mais vient enfin la fête du hameau;
Chacun y court, et la joie y préside :
Déjà, déjà l'agreste chalumeau
A, dans un cercle et poudreux et rapide,
Fait tournoyer le folâtre rondeau ;
Quand, par respect, la foule retirée
Montre Valmond, seigneur de la contrée.
De vingt beautés assises sous l'ormeau,
Phrosine seule est fixée au passage :
Valmond revient, lui sourit de nouveau,
Lui tend la main ; puis à danser l'engage.
Le trouble au cœur, la rougeur sur le front,
Les yeux baissés on reçoit son hommage ;
Mais l'amour-propre est déjà pour Valmond.
Fruit de l'orgueil, ce poison doux et prompt
Enfle le cœur et court troubler la tête :
A l'autre, amour ménage la conquête.
Ces airs brillans d'un jeune et beau seigneur
Trouvèrent-ils jamais ame farouche ?
Un doux regard rassure la pudeur ;
Propos charmant vous captive et vous touche,
D'une ame fière abaisse la hauteur.
Le miel alors découle de la bouche,
Quand le poison est dans le fond du cœur.

⋆⋆⋆⋆⋆

Phrosine écoute, est séduite et s'enflamme.
L'orgueil du nom, la pompe qui le suit,
Etre au châtel haute et puissante dame;
C'en est assez pour captiver son ame :
L'ingrat Valmond est heureux, et la fuit.
Quel coup fatal pour Phrosine éperdue !
De son malheur long-temps elle a douté;
Mais à la fin la triste vérité,
En se montrant, vient effrayer sa vue.
Quel cri plaintif à sa bouche échappa,
Quand elle apprit cette fuite infidelle !
Presque à demi son ame s'exhala.
Mais, c'en est fait, de sa honte cruelle,
De sa douleur bientôt elle mourra.
Elle en mourra : je connois sa tendresse;
Déjà son teint a perdu ses couleurs;
Ses grands yeux bleus, creusés par la tristesse,
Se sont changés en deux sources de pleurs.
Près de Valmond, sous des toits de verdure,
Au clair miroir des limpides ruisseaux,
Amour jadis arrangeoit sa parure;
Et, sur son cou, sa longue chevelure
Elégamment dérouloit ses anneaux.
Sa tresse d'or, qu'ont si souvent ornée
La violette et le bluet des champs,
Ou de l'ingrat les perfides présens,

Flotte sans soins, aux vents abandonnée.
Ah ! dans son cœur l'aspect de ses atours
Réveilleroit, plus déchirans encore ,
Et le chagrin qui lentement dévore ,
Et le remords , fruit amer des amours.

J'ai vu Phrosine : elle est triste et rêveuse ;
Son joli front à chaque instant rougit :
Elle rappelle un cœur qui la trahit.
Pauvre Phrosine ! où cours-tu, malheureuse ?
C'est au sapin à croître au haut des monts :
Le saule agreste , humble amant des vallons ,
Sèche et périt sur leur cîme orgueilleuse.

ÉPITRE A MADAME DE N.***

Humide des pleurs de l'aurore,
Et prémice de la saison,
Recevez ce frêle bouton,
Premier né des enfans de Flore.
Jeune, frais comme le matin,
Mais moins que votre carmin,
Emblême d'un front que colore
Un timide et craintif désir ;
Las ! il n'attendoit pour éclore
Que le souffle aimé du zéphyr.
Ainsi l'amant qui vous adore,
Pensif, se tenant à l'écart,
Pour se trahir n'attend encore
Qu'un doux souris, qu'un seul regard.

NÉÈRE.

IDYLLE.

Sous des touffes de roseaux
S'assied la jeune Néère,
Et les pieds de la bergère
Effleurent le bord des eaux.
Vers ses pieds, l'onde légère
S'avançant à petit bruit,
Se brise, écume et bondit.
Sur sa main blanche et polie,
Sont front tombe mollement ;
Son esprit va poursuivant
Quelque triste rêverie.
Tout dit qu'à chagrin cuisant
La nymphe songe sans doute :
Je m'approche doucement ;
Néère parle, et j'écoute :
« Nous sommes, en vérité,
» Trop bonnes pour ces volages ;
» Car les mobiles feuillages,

» Sous le souffle des orages,
» Ont moins de légéreté ;
» De l'amour la douce flamme
» Ne brûle en eux qu'un moment.
» Ah ! le Ciel en les formant
» Auroit bien dû, sur notre ame,
» Mouler leur cœur inconstant.
» C'est dommage, hélas ! la femme,
» Je le sens, aime autrement.
» L'heure fatale et cruelle
» Où, trop bonne, je sentis
» Mon cœur facile et surpris
» Battre pour un infidelle,
» O combien je la maudis !
» J'étois, seule sous l'ombrage,
» Assise au pied d'un ormeau,
» Tandis qu'au loin mon troupeau
» Erroit paissant sur l'herbage ;
» Qu'à mes pieds, sous le feuillage,
» Dormoit mon fidelle agneau.
» Thyrsis paroît : mon fuseau
» Echappe à mon doigt débile ;
» Mais le long du fil mobile
» Il roule encor suspendu :
» D'un élan inattendu,
» Thyrsis accourt, le ramasse, .

» Me le rend en souriant,

» En souriant avec grâce.

» De l'impétueux amant

» Le cœur, tout rempli d'ivresse,

» En longs discours de tendresse

» Et déborde et se répand.

» Je rougis ; mais le volage

» Sait rassurer ma pudeur ;

» Et cependant son langage

» Pénètre avant dans mon cœur.

» Il ose encor davantage :

» Et je sentis que sa main

» Dans ma main s'étoit glissée ;

» Que je frémissois enfin,

» Par l'autre bras enlassée ;

» Qu'il détachoit de mon sein

» Un frais bouquet que moi-même

» J'avois cueilli le matin.

» O Néère ! que je t'aime !

» Dit-il, sur mon sein penché :

» Toi, gage frais et fidelle,

» Sur ce cœur qui bat pour elle

» Reste à jamais attaché !

» Et sa main pressoit la mienne ;

» Plus fort son bras m'enlassoit :

» Ah ! quelle joue inhumaine

» Auroit fui , dans cette chaîne ,

» Le baiser qui la cherchoit ?

» Je fuis , laissant mon bouquet ,

» Et je cours à perdre haleine ;

» Mais , hélas ! le jour d'après ,

» Mon pied dépassoit à peine

» La colline des cyprès ,

» Que je vis au sein d'Ismène

» Le bouquet qu'il ma ravi :

» Je le reconnus sans peine ,

» Quoiqu'il fut un peu flétri.

» Plus d'amans, dis-je en colère ;

» Les larmes voiloient mes yeux :

» Elle avoit raison ma mère ,

» Les loups sont moins dangereux.

» Mais , que fais-je ? En cette plaine

» Quel instinct puissant m'enchaîne ?

» N'est-ce pas là le ruisseau ,

» Et l'onde rapide et claire

» Où ce berger désaltère

» Le soir son nombreux troupeau ?

» Voyez ; que je suis distraite !

» S'il venoit, où me cacher ?

» Eh ! n'entends-je pas marcher ?

» C'est lui ; j'entends la clochette

» Qu'à sa rapide chevrette

» Sa main prit soin d'attacher :
» Fuyons. » Cependant Néère
N'abandonne point ces lieux.
En rougissant, la bergère
Relève ses noirs cheveux.
Elle approche du rivage,
Et se mirant dans les eaux,
Elle consulte les flots,
Et sourit à son image.

ÉPITRE A M. MARCELLIN R.***

Fidelle ami, volage amant,
Vif apôtre de l'inconstance,
D'un cœur qui n'a plus d'espérance
N'irrite donc point le tourment.
Tu le sais, ma douleur m'est chère :
Et toute flamme passagère
Dont tu voudrois apaiser mes regrets,
Plus poignans m'offriroit les traits
Du souvenir de mon amour première.
Ah ! laisse-moi pleurer en paix ;
Que ma constance te désarme !
Eh ! quoi donc ? n'as-tu pas été,
Toi-même un instant, sous le charme
D'une courte fidélité ?
Bornant ta course triomphante,
Conquérant magnanime et fier,
Dans mainte campagne brillante,
N'as-tu pas, contre notre attente,
Auprès d'une brune piquante,

Pris un jour tes quartiers d'hiver ?
Je crus voir libre, dans leurs chaînes,
Soliman, maître de son cœur,
A ses mille Circassiennes
Demander en vain le bonheur.
Auprès du sultan qui soupire,
Roxelane enfin se fait voir :
Dans ses mains tombe le mouchoir,
A ses pieds les lois d'un empire.
Mais qui peut arrêter long-temps
La valeur, fidelle compagne
De vous tous, messieurs les sultans ?
La place est prise en peu de temps,
Et votre hautesse au printemps
Se remet encor en campagne.
Alors, libre de ce lien,
Que d'assauts diligens et prestes!
Que d'amoureux hauts faits et gestes
Dont la gazette ne dit rien !
Mais la chronique scandaleuse,
Dans mainte ligne graveleuse,
En a recueilli les plus beaux.
Tu devins bientôt mon héros ;
Je m'engageois en volontaire,
Et je marchois, sous ta bannière,
Dans la carrière de Paphos :

Mais j'étois né pour le repos.
Une seule et douce conquête
Suffisoit à ton lieutenant,
Et tu sais qu'un soir, sans trompette,
Je désertois ton camp-volant.
C'étoit alors que la Vierge modeste,
Qui de sa main presse de blonds épis,
Nous ramenoit, dans sa marche céleste,
Et les feux d'août et ses suaves nuits.
Respirant l'air qui caressoit la plaine,
Sous une nuit claire et sereine,
Je promenois mes amoureux projets ;
J'approche, et près d'une fontaine,
Sur le gazon, sous des saules épais,
Mon œil aperçoit mille attraits ;
Des belles il y voit la reine.
Beauté touchante ! ô premières amours !
Que vous m'avez coûté de larmes !
En vain la tombe a dévoré vos charmes,
Dans mon cœur ils vivront toujours.
Que la terre vous soit légère !
Sous le tombeau dormez en paix !
Votre amant seul, dans la nature entière,
Sent toujours qu'une larme amère,
Au souvenir de vos attraits,
Roule, échappée à sa paupière.

ÉPITRE A MADAME T.****

Le jour entr'ouvre vos volets,
La brume fiappe mon visage.
Vous, entre deux rideaux discrets,
Moi, dans un piteux équipage,
Je m'en vais maudissant les vents,
La route par où je chemines ;
Tandis que des songes rians
Vont voltigeant sous vos courtines.
Contraste fréquent ici-bas :
L'un sur des fleurs pose ses pas,
L'autre marche sur des épines.

Le monde est un tableau plaisant,
Plaisant pour qui d'en haut l'observe :
C'est problême qu'il se conserve.
Quand tel se damne en enrageant,
A pied, privé de toutes choses,

Madame, sur un lit de roses,
Gagne le Ciel tout doucemènt.
Ici l'on chante, là l'on jure ;
Lorsque Jean rit, Pierre murmure,
Et cependant le monde va
Assez souvent cahin caha.
Dans l'ornière ou sur la verdure,
En litière ou sur nos pavés,
Sur le velours ou sur la dure,
En cheminant dans son allure,
Chacun arrive où vous savez.

LETTRE A MONSIEUR G.****

Vous exigez, mon cher ami, que j'entre avec vous dans tous les détails de la fête que B.****, notre ami commun, nous a donnée. Je vais essayer de vous satisfaire. Eloigné depuis quelque temps de votre patrie, je sens que tout ce qui peut vous la rappeler doit plaire à votre cœur. Et moi, qui pourra me faire oublier votre absence? Pourquoi m'avez-vous fui ?

Ah ! le même rayon ouvrit notre paupière ;
L'heureux hasard nous mit dans le même berceau ;
Nos mânes attendoient une commune pierre :
Bien loin de mon cercueil, sur la rive étrangère,
Vous courez égarer, ingrat, votre tombeau.

Je vous avois écrit que B.**** avoit invité douze amis, qu'il appeloit ses douze apôtres; et que madame B.****, de son côté, avoit prié un pareil nombre de voisines charmantes.

C'étoit au mois qui, sur l'arbre du Pont,
 Rougit la cerise sanguine ;
Sur nos coteaux la fraise purpurine :
Ces premiers fruits ont couronné son front.
Le taon bruyant annonce sa présence ;
Aux sons aigus de ses bourdonnemens,
Dans les forêts portant ses pas errans,
Craintive Io tremble et mugit d'avance.

Voilà bien des prolégomènes, pour vous dire que cette fête eut lieu vers la fin du mois de Juin.

Déjà sur nous le Lion de Némée
Brille, agitant sa crinière enflammée ;
Et le raisin, honneur de nos vergers,
N'exhale plus, sur le thyrse bachique,
Du réséda le parfum balsamique :
Il s'arrondit en globules légers.
Le Dieu du jour sourit à son empire.
Les blonds épis agités par Zéphyre,
Ont fait courber leurs mobiles tuyaux,
Qui vont roulant en onde fugitive.
Sylvain en feu, dans son ardeur lascive,
Cherche le frais sur les bords des ruisseaux,
Et la Naïade a fui sous les roseaux.

Vous ne serez plus étonné que, pour éviter les ardeurs du Lion, nous ayons marché à la douce clarté de Lucifer, de la brillante étoile de Vénus. D'ailleurs, vous le savez, lorsqu'il s'agit de plaisirs nous ne faisons pas attendre. Nos voisines arrivent au même instant que nous. Comme nous, elles avoient pris pour guide la charmante étoile de Cythérée. Avouez que c'est commencer la fête sous de bien heureux auspices ! La troupe étant au complet, on sert le déjeûner.

> On y fait des libations
> A Diane la chasseresse ;
> Tous en chorus nous l'invoquons.
> La déesse de la tendresse,
> De ces honneurs a bonne part ;
> Mais seulement un signe, un doux regard
> En avertissent la déesse.

En dignes héros, nous quittons enfin les plaisirs pour la gloire. Nos Dulcinées charmantes pressant de leurs pieds délicats les flancs de leurs haquenées, nous partons pour la chasse ; vous bien tranquille, je n'en doute pas, sur le sort de l'hôte des forêts que son heureuse étoile amenera devant moi.

> Déjà nos fiers coursiers bondissent sur l'arène.
> De leurs longs aboîmens faisant gémir les bois,
> ✳✳✳✳✳✳

Cent chiens jappent au loin et parcourent la plaine.
Le cor a retenti ; le lièvre est aux abois.
   Fuyant sur son aile timide ,
   La perdrix vole avec éclat.
   Vers elle court le plomb rapide ;
Je tire et manque , et mon voisin l'abat.

Réveillé au fond de son bourbier immonde par le bruit
de notre mousqueterie , un énorme sanglier s'offre à nos
regards , et nous menace de l'ivoire homicide de sa hure.

   A cet aspect, émule de Zéphyre ,
   Et plus que lui légère dans son cours ,
   La beauté fuit : douce pitié m'attire.
   Je cours aussi ; mais c'est à son secours.

Ami malin , n'allez pas vous imaginer que la même
terreur m'eût saisi.

   Sur les flots d'Actium , l'amant de Cléopatre
   Suivoit , ainsi que moi , la reine de son cœur.
   Il fuit : mais pour sauver celle qu'il idolâtre ,
      Et non pas, s'il vous plaît, de peur.

Pardonnez-moi la modeste comparaison , et je vais
m'empresser de vous rassurer sur notre sort, en vous
apprenant que l'indiscret sanglier gagne paisiblement le

marais voisin. Cette aventure dégoûte nos dames des plaisirs bruyans de Diane. Heureusement nous nous étions munis d'un furet, et nous voilà en cherche d'un clapier.

De Jean lapin nous cherchons la retraite :
On voit les lieux où s'impriment ses pas ,
Quand le matin , pour prendre ses ébats ,
L'oreille au vent, aux vents tournant la tête ,
Courant , sautant , trottant à pas serrés ,
Par cent chemins , dans sa marche inquiète ,
A droite , à gauche il sillonne les prés.
Déjà nos lacs, par des pieux assurés ,
De son palais assiègent les issues.
Dans le clapier le furet introduit ,
S'allonge et suit ces sombres avenues ,
Se glisse enfin jusqu'au dernier réduit.
Jeannot lapin , dans l'alcove profonde ,
Humide encor, tout parfumé de thym ,
Y ruminant sur les erreurs du monde ,
En surchargeoit son ame de lapin ,
Lorsqu'il reçut l'indiscrète visite.
A cet aspect il part, il prend la fuite ;
Rapidement vers la porte élancé ,
D'un bond léger il veut franchir son gîte ;
Mais dans nos rets il roule embarrassé.

Je vois avec joie qu'on reprend le chemin du manoir:
car vous savez que je n'ai jamais eu un goût bien vif
pour la chasse. Un somptueux dîner nous attend. Ne
croyez pas que j'aille vous décrire ce repas : j'en mange
ma part; voilà, mon cher ami, ce que vous en aurez.
Il faudroit le talent de M. Berchoux, pour chanter dignement ce magnifique festin.

> Berchoux, à cette table amie,
> Bien plus que moi, sans contredit,
> Auroit apporté du génie ;
> Mais non pas meilleur appétit.

Je suis placé entre deux belles que vous ne connoissez
pas, puisqu'elles sont arrivées dans ce pays depuis que
vous l'avez quitté. Celle que j'ai à ma droite a passé pen-
dant long-temps pour une Pénélope. Tous les maris por-
toient envie à son heureux époux : mais

> Un parvenu, débarqué d'Amérique,
> Vint dérouter ces tendres sentimens.
> Ce pays là coûte cher aux amans ;
> Des Européens trouble la politique.
> Ces pauvres gens s'y battent pour de l'or ;
> L'or fut toujours le père des querelles.
> De sang humain nous payons ce trésor,
> Et puis cet or vient nous souffler nos belles.

Ma seconde voisine est une brune qu'on trouveroit
charmante, si elle n'étoit toujours armée

> Du dard piquant de l'épigramme ,
> Qui, dirigé sur son voisin ,
> Fait sourire plus d'un malin
> Qui n'aperçoit point dans sa main
> Le trait balancé sur son ame.

Vous connoissez maintenant tous les convives, excepté
peut-être ce petit jeune homme placé à ce haut bout de la
table. Il s'est pris d'une belle passion pour les astres, et s'il
s'est empressé de s'asseoir à côté de cette dame, c'est
que sa robe bleu-céleste lui a rappelé la tunique d'azur
d'Uranie. Au milieu des chansons et des ris, ne trouve-
t-il pas moyen de placer l'astronomie ? Il me regarde en
parlant ; c'est bien à moi qu'il en veut. Il faut répondre :
« Monsieur, vous me faites trop d'honneur. Je suis bien
astronome aussi, mais votre télescope voit bien plus loin
que le mien : car tandis que vous allez, quand il vous
plaît, habiter en paix le ciel des fixes, je poursuis dans
son orbite une seule planète que je ne puis atteindre.
Voici votre doctrine et la mienne : »

> Au sein des plaines azurées ,
> Autour du char brillant qui ramène les jours ,
> Les astres lumineux aux courses mesurées

Vont s'attirant et se fuyant toujours.

Dans les airs Cypriens, que leur marche est contraire !

    Là, rarement l'impulsion

Eloigne entr'eux deux cœurs gravitant vers Cythère :

Oh ! qu'ils cèdent bientôt, dans leur tendre carrière,

    A la puissante attraction

    Qu'à Gnide on nomme l'art de plaire !

Nul effort impulsif n'y rompt leur jonction.

    Le temps seul, de sa main puissante,

De la force attractive arrête en eux le cours.

    Alors, hélas ! et pour toujours

    Ils quittent le ciel des amours,

    Et s'échappent par la tangente.

A peine ai-je dit ; madame D.*** se trouble. En voyant mon étoile pâlir, mon télescope s'obscurcit. Heureusement ma tristesse n'est point aperçue ; car nos savantes dissertations ont fait circuler autour du banquet le bâillement, précurseur d'un long sommeil.

    Pour dissiper ces pavots langoureux,

    De tous côtés on débite, on se lance

    Vingt impromptus rimés d'avance,

    Qui pourtant n'en valent pas mieux.

On quitte enfin la table ; on se lève, on propose des jeux : c'est le colin-maillard. Tout le monde se disperse ; on fuit : me voilà pris.

Les yeux voilés, les mains devant mon nez,
Vers chaque bruit mes pas sont amenés.
   Comme des ombres mensongères,
   Ou comme des feuilles légères
   Qui s'envolent en tournoyant,
   Devant moi vont toujours fuyant,
Plusieurs objets aux formes passagères.
J'ouvre la main, la ferme, et ne prends que du vent.
   Je tiens enfin. Parfum de Flore,
   Petit soulier, pied plus petit encore
   Viennent trahir mon prisonnier nouveau.
   En tâtonnant, ma main toujours s'avance.
   On souffre tout sans nulle résistance ;
   C'est pour garder l'incognito.

Je vous dirois à l'oreille, que je tiens Pénélope seconde. Mes recherches et mes réflexions déplaisent à
certaines personnes.

   — Monsieur prend goût à l'affaire.
   Que ne nomme-t-il enfin ?
   — On le veut ; je le vais faire :
   C'est l'épouse de Vulcain.
   Ce mot lancé sans malice
   Frappe monsieur son mari.
   C'est nul, a dit notre Ulysse :
   Car vous y voyez, l'ami.

. Voilà, j'espère, d'assez longs détails ? Je n'abuserai
pas davantage de votre patience. Il est une autre fête que
je hâte par mes vœux, qui me sera bien plus agréable
que celle que je viens de vous peindre. C'est le jour qui
vous ramenera parmi nous. Alors nous parcourrons en-
semble les lieux qui virent se jouer notre jeunesse. Qu'ils
sont changés à mes yeux ! à qui en est la faute ?

Vous souvient-il, ami fidelle,
D'Atland ce sorcier si vanté,
Qu'Arioste a représenté
Enfermant chevalier et belle
Au sein d'un palais enchanté ?
Là, plus d'un preux voit sa cruelle :
Le fantôme lui tend les bras.
L'un y livre d'affreux combats,
L'autre y court après sa bergère
Qui court après son cher Hylas ;
Hylas couroit après Glicère ;
Tous courent après leur chimère :
C'étoit là tout comme ici-bas.
Sur cette terre enchanteresse
Marphise arrive, Atland a fui ;
Le palais s'est évanoui :
Tout disparoît, le charme cesse ;
Hélas ! et le bonheur aussi.

Marphise, ou le vieillard qui glace
Le corps et l'esprit et le cœur,
Le temps, ce grand désenchanteur,
Sur ces beaux lieux sans cesse passe
Sa pierre ponce. Elle en efface
Et le prestige et la couleur.

Nous vieillissons, mon ami : adieu les illusions du bel âge. Plus de Napées, plus de Naïades. Nous sommes parvenus à l'époque où les prés ne sont pour nous que des plaines de verdure, et les ruisseaux que de l'eau claire.

Qu'il est rapide, ami, le printemps de la vie !
Où sont, hélas ! ces jours d'ivresse et de folie,
Et ces plaisirs encor charmans, quoique trompeurs ?
Il a fui pour toujours l'âge cher des erreurs :
Comme un songe léger s'envole ma chimère.
La raison parle enfin : adieu rêves d'Homère,
Charmantes déïtés qu'enfanta son cerveau ;
Adieu l'amour, adieu son prisme et son bandeau ;
Le prestige des vers, leur mensonge sonore :
Au pied de la raison je les regrette encore.

FIN.

www.ingramcontent.com/pod-product-compliance
Lightning Source LLC
Chambersburg PA
CBHW060441260626
47161CB00005B/2027